Pour Patricia, Oréo et la Pépette
J.-P. A.-V.

À Basile
O. T.

ISBN : 978-2-07-064773-6

Numéro d'édition : 242616
Loi n° 49-956 du 16 juillet 1949 sur les publications destinées à la jeunesse
Dépôt légal : mai 2012
Imprimé en France par Pollina - L60078A

Le papier de cet ouvrage est composé de fibres naturelles, renouvelables, recyclables, et fabriquées à partir de bois provenant de forêts plantées et cultivées expressément pour la fabrication de la pâte à papier.

JEAN-PHILIPPE ARROU-VIGNOD * OLIVIER TALLEC

GALLIMARD JEUNESSE

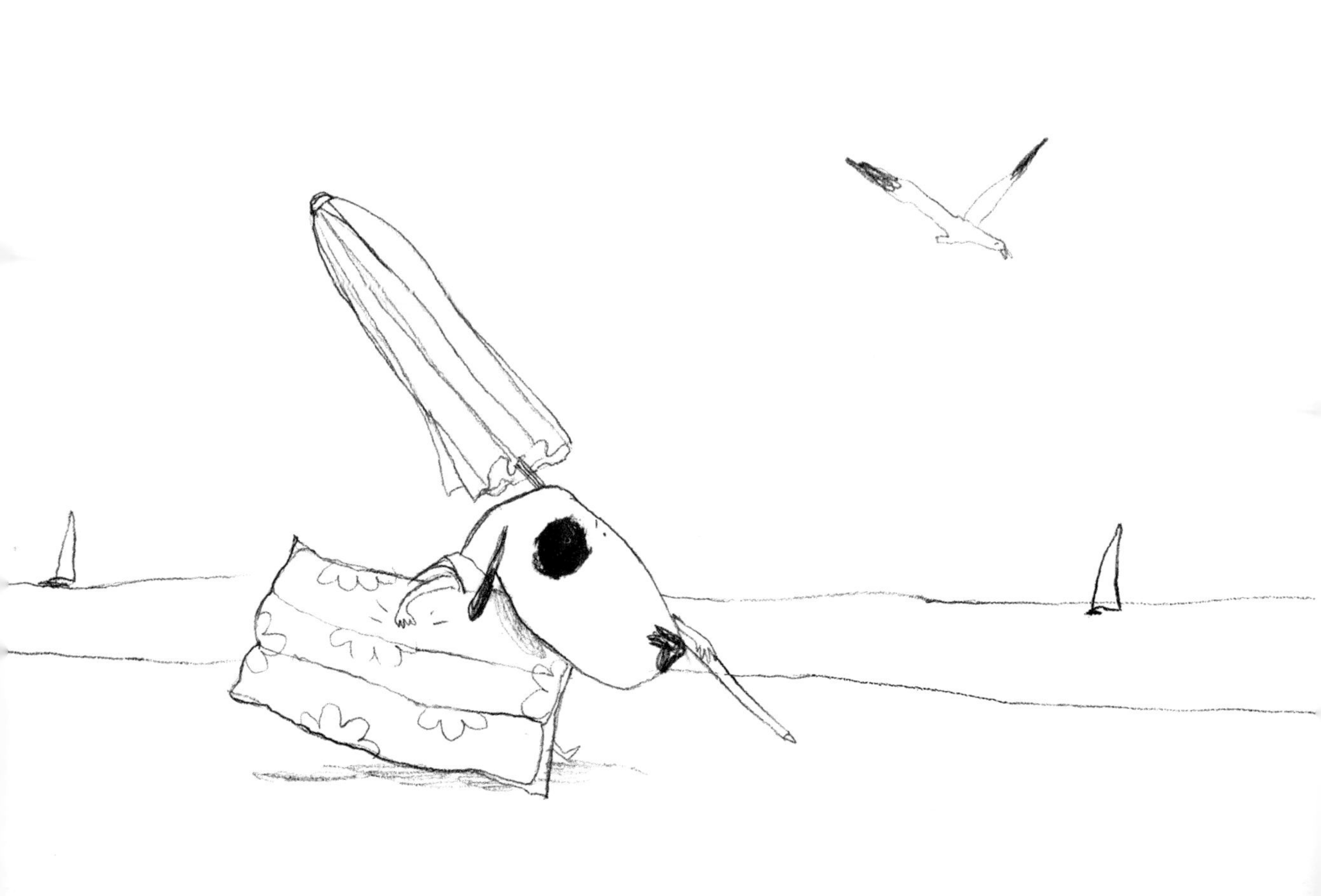

Rita adore aller à la plage.
Machin, le chien, un petit peu moins...

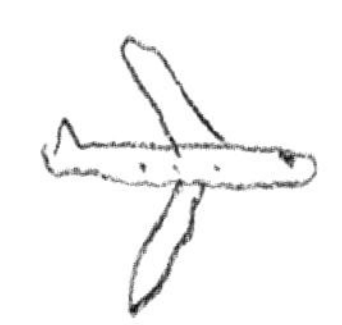

Cet été, Rita a un nouveau maillot de bain.
Machin aussi. C'est Rita qui le lui a tricoté.
– D'accord, il pendouille un peu.
Mais tu ne veux pas te baigner tout nu, quand même ?

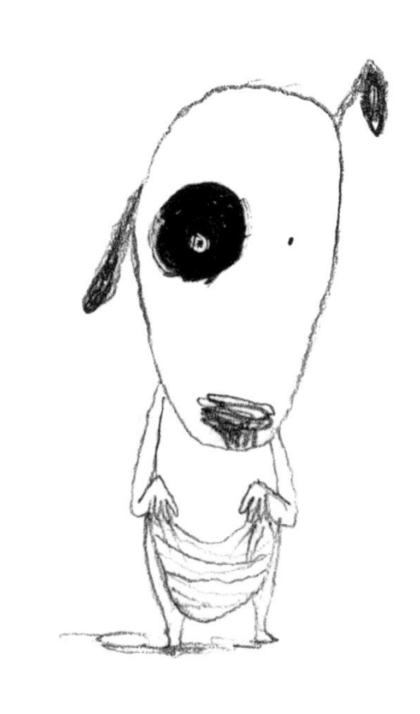

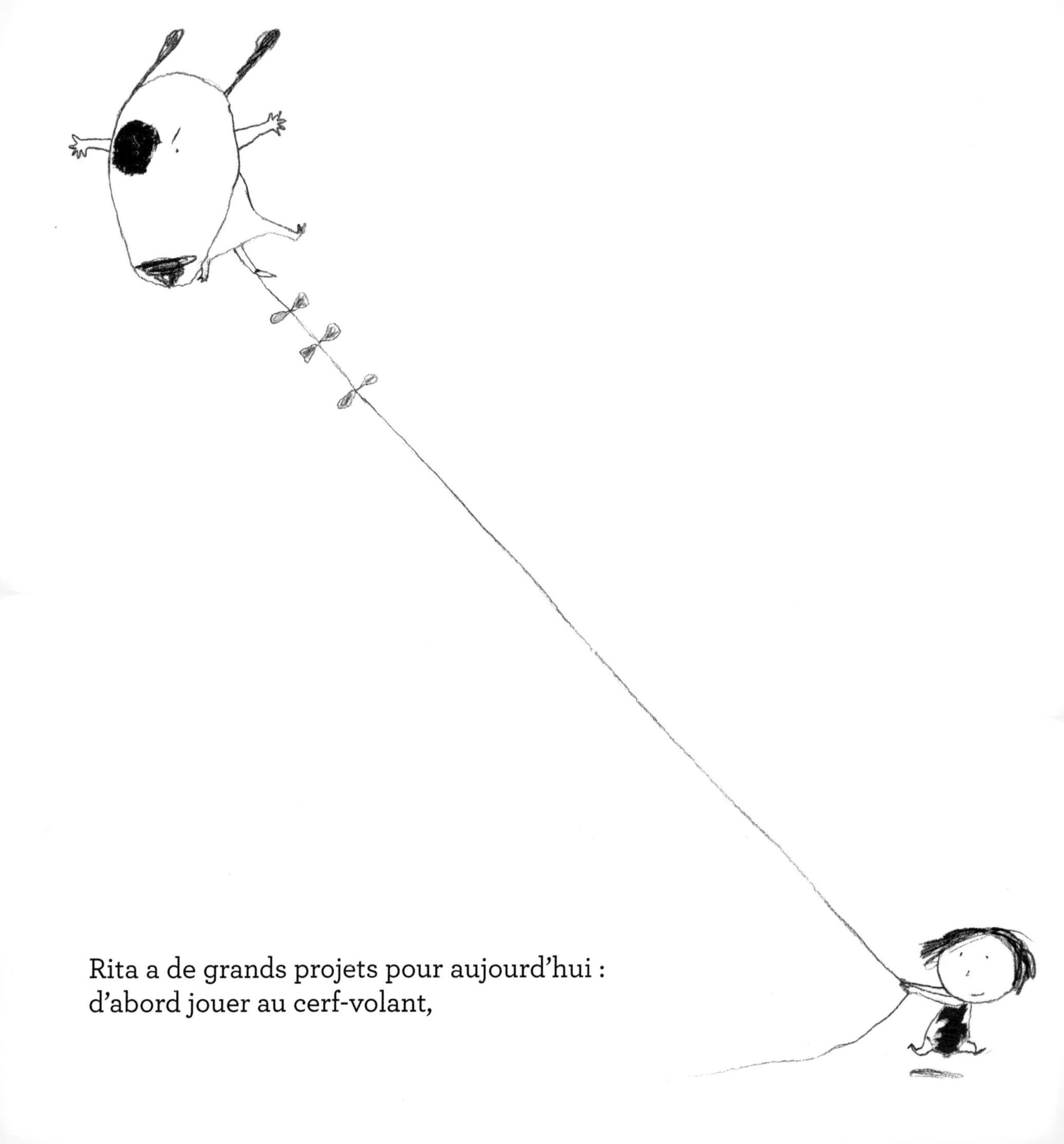

Rita a de grands projets pour aujourd'hui :
d'abord jouer au cerf-volant,

faire un tour en pédalo,

puis construire le château de sable de la princesse Bikini,

et des tas d'autres jeux de fille encore...

Machin, le chien qui n'a pas de nom,
ne l'entend pas de cette oreille. Ce qu'il aime à la plage, c'est :
Premièrement : courir après les crabes et les crevettes.

Deuxièmement : déguster des chichis
au sucre tout collants.

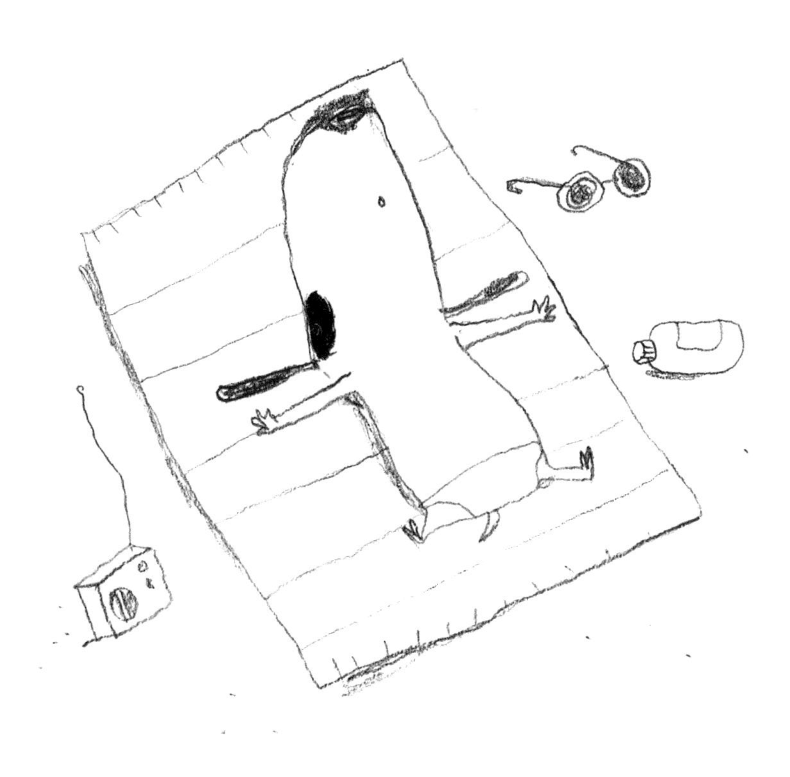

Troisièmement : faire la crêpe le reste de la journée.
Bref, des jeux de chien.

– Machin ! Où es-tu passé ? Je te préviens,
si tu ne reviens pas tout de suite,
je t'appelle Poule Mouillée !

Mais Machin a disparu.
Rita est un peu inquiète.

– Vous n’auriez pas vu un petit bout de chien
qui n’a pas de nom ?

Soudain, entre deux eaux, quelque chose apparaît.

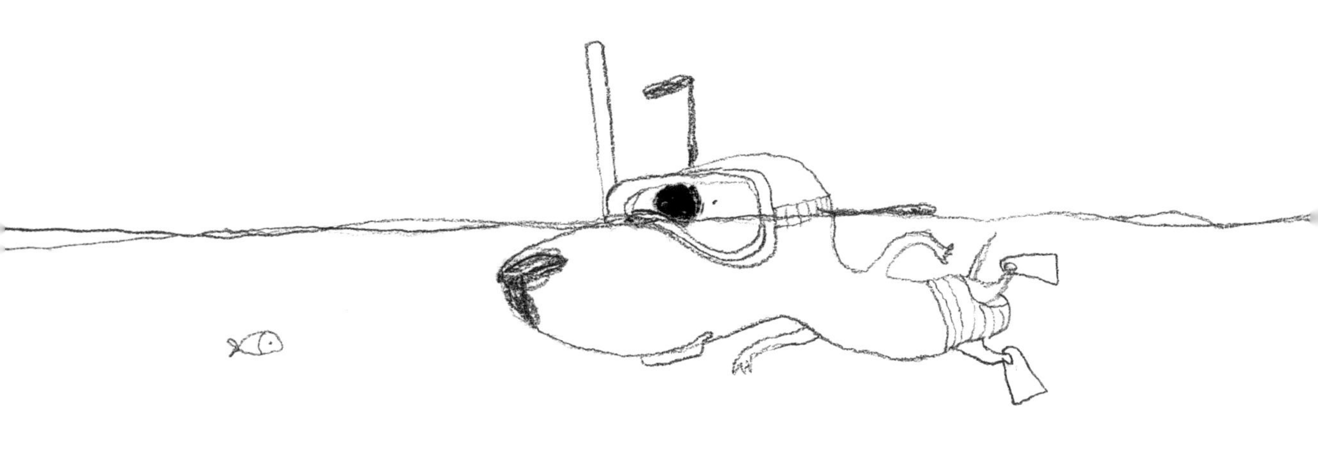

Attention, Rita ! Un nageur de combat !
Il va prendre d'assaut le château de la princesse Bikini !

Vous l'avez reconnu ? Sous son équipement de plongée se cache le capitaine Machin, chef des méchants de la reine Catastropha. Le chien le plus dangereux de toute la galaxie !

– En garde, capitaine Machin !
Je défendrai mon château jusqu'à la mort.

Mais défense de jeter du sable,
d’accord ?

La princesse Bikini s’enfuit,
mais le capitaine Machin se lance à sa poursuite.
– Jamais vous ne me prendrez vivante, capitaine Machin !

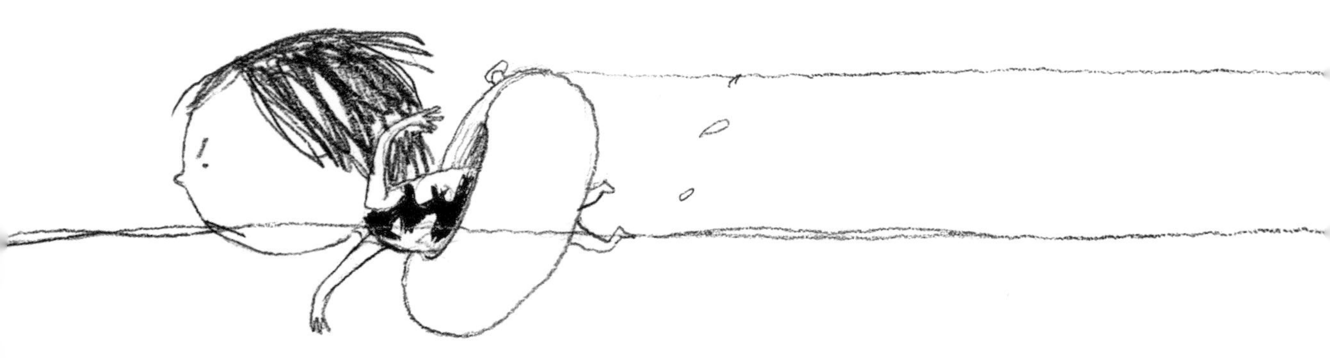

Mais défense de m’arroser,
d’accord ?

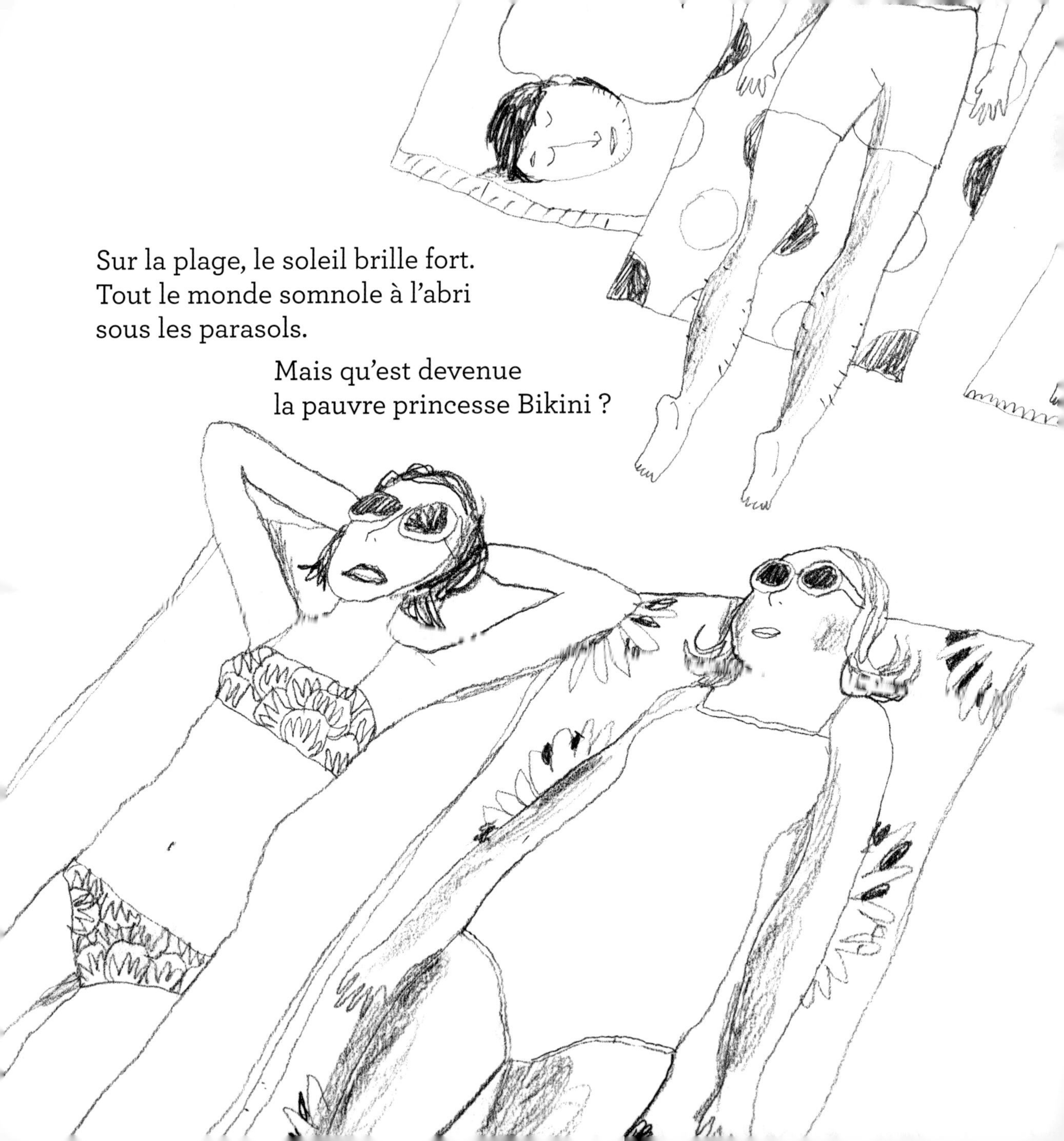

Sur la plage, le soleil brille fort.
Tout le monde somnole à l’abri
sous les parasols.

Mais qu’est devenue
la pauvre princesse Bikini ?

Ouf ! Elle s'est réfugiée dans sa grotte secrète.
Il fait vraiment trop chaud pour combattre un adversaire aussi fort et malin que le capitaine Machin.

– Laissez-moi la vie sauve, supplie la princesse Bikini,
et vous aurez une récompense.

Demandez-moi ce que vous voulez.

– Une glace à trois boules, princesse. Et que ça saute.
– D'accord, mais…

– Et un chichi tout collant avec plein de sucre dessus…
– Dis donc, Machin, tu ne crois pas que tu exagères ?

– Un double soda aussi, avec une paille,
deux glaçons et une rondelle de citron.
– Cette fois, Machin, tu vas trop loin !

Tout compte fait, Machin adore aller à la plage.
Rita, un tout petit peu moins...

Mais la princesse Bikini n'a pas dit son dernier mot.
Demain, à la plage, le capitaine Machin n'a qu'à bien se tenir !